S0-BDM-929

J FIC SP
Calvert, Deanna.
Las sombras.
c2005.

READER

WITHDRAWN

pen noted 12/09 BA/02

2/08

Las sombras

Escrito por Deanna Calvert
Ilustrado por Mike Lester

Children's Press®
Una división de Scholastic Inc.
Nueva York • Toronto • Londres • Auckland • Sydney
Ciudad de México • Nueva Delhi • Hong Kong
Danbury, Connecticut

A Carolyn, mi alegría e inspiración; y a Kyle, mi mejor amigo.
Sin ellos, mi sombra se arrastraría.
—D.C.

A Robyn, mi héroe
—M.L.

Consultores de lectura

Linda Cornwell
Especialista de lectura

Katharine A. Kane
Consultora de educación
(Jubilada, Oficina de Educación del Condado de
San Diego y de la Universidad Estatal de San Diego)

Traductora
Eida DelRisco

Información de Publicación de la Biblioteca del Congreso de los EE.UU.
Calvert, Deanna
 [Shadows. Spanish]
Las sombras / escrito por Deanna Calvert; ilustrado por Mike Lester
    p. cm. — (A rookie reader español)
Resumen: Unos niños enseñan a sus sombras a hacer todo lo que los niños pueden hace
    ISBN 0-516-24448-5 (lib. bdg.)   0-516-24697-6 (pbk.)
    [1. Sombras-Ficción. 2. Cuentos en rima. 3. Materiales en lengua española.] I. Lester,
Mike, il. II. Título. II. Series.
PZ74.3 .C235 2004
[E]-dc22
                                        2003016593

© 2005 por Scholastic Inc.
Ilustraciones © 2004 Mike Lester
Todos los derechos reservados. Publicado simultáneamente en Canadá.
Impreso en Estados Unidos de América.
Publicado originalmente en inglés por Children's Press, en 2004.

CHILDREN'S PRESS y A ROOKIE READER® ESPAÑOL, y los logos asociados son marcas comercial
y/o marcas comerciales registradas de Scholastic Library Publishing. SCHOLASTIC y los logos
asociados son marcas comerciales y/o marcas comerciales registradas de Scholastic Inc.
1 2 3 4 5 6 7 8 9 10 R 14 13 12 11 10 09 08 07 06 05

Las sombras pueden boxear.

Las sombras pueden aparar.

Las sombras pueden patear.
Las sombras pueden rascarse.

Las sombras pueden volar.

Las sombras
pueden perseguir.

11

Las sombras pueden
saltar la cuerda.
Las sombras pueden
echar carreras.

Las sombras
pueden doblarse.

**Las sombras
pueden brincar.**

Las sombras pueden bailar.
Las sombras pueden tropezar.

Las sombras pueden alcanzar.
Las sombras pueden inclinarse.

Las sombras aprenden con facilidad. Sólo tienes que enseñarles.

Lista de palabras (27 palabras)

alcanzar	con	la	saltar
aparar	cuerda	las	sólo
aprenden	doblarse	patear	sombras
bailar	echar	perseguir	tienes
boxear	enseñarles	pueden	tropezar
brincar	facilidad	que	volar
carreras	inclinarse	rascarse	

Acerca de la autora

Deanna Calvert vive en Birmingham, Alabama, con su esposo y su hija, un perro y un gato. Era maestra de escritura y de literatura en la universidad, pero ahora se dedica a escribir para los niños. Además de escribir y estar con su familia, disfruta el aire puro y el cielo azul, los viajes al zoológico y a otras partes.

Acerca del ilustrador

Mike Lester ha sido artista profesional, ilustrador y escritor durante veinte años. Nació y creció en Atlanta, Georgia, y se graduó de diseñador gráfico en la Universidad de Georgia. Ha creado imágenes para campañas de publicidad y para revistas nacionales, además de numerosas ilustraciones de libros, juegos y otros productos para niños.